2042

Translated to Chinese from the English
version of 2042

Amar B. Singh

Ukiyoto Publishing

All global publishing rights are held by

Ukiyoto Publishing

Published in 2024

Content Copyright © Amar B. Singh

ISBN 9789360493769

All rights reserved.

No part of this publication may be reproduced, transmitted, or stored in a retrieval system, in any form by any means, electronic, mechanical, photocopying, recording or otherwise, without the prior permission of the publisher.

The moral rights of the author have been asserted.

This is a work of fiction. Names, characters, businesses, places, events, locales, and incidents are either the products of the author's imagination or used in a fictitious manner. Any resemblance to actual persons, living or dead, or actual events is purely coincidental.

This book is sold subject to the condition that it shall not by way of trade or otherwise, be lent, resold, hired out or otherwise circulated, without the publisher's prior consent, in any form of binding or cover other than that in which it is published.

www.ukiyoto.com

序言

"**我的理想是用十句**话说出别人用一整本书说的话"。

- 弗里德里希-尼采

有石器时代、农业时代等等。人类发展从一个里程碑到下一个里程碑需要几个世纪的时间，巨大的历史时期可以合并在一起。代际更替，也就是人们常说的代沟，也不是从父亲到儿子，而是需要几代人的时间才能出现。

然而，这种情况已经改变。随着时代的变迁，几百年的时间已经缩短为几十年。几年前出生的人感觉比现在出生的人要老得多，这是因为技术和随之而来的社会变革的速度太快了。

但人不是机器。在逃避传统、重塑文化的竞赛中，人类最终只剩下了一种文化--**自私自利的意识奴役**。

但是，每一条不断变化、不断攀升的曲线最终都会达到一个停滞不前的顶峰。如果我们能坚持到那一刻,我们可能会坚持到太阳冷却,或者坚持到仙女座与银河合并。

与此同时,以科学进步为基础的技术加速变革将帮助人类保持地球的绿色,更好地管理健康,提高预期寿命,战胜疾病和饥饿,为人们提供前所未有的生活。

我们可能不再寻找其他星球作为我们的居住地,但地球会是一个"**更快乐**"**的地方**,还是会变成一个安全的监狱,让人们觉得不值得花时间在那里......

战争会结束吗?人们会没有痛苦和悲伤吗?随着自动化和人工智能的到来,人们还需要工作吗?政府会变得更强大还是更弱小?人类将如何利用现有的时间?人际关系会变得更好,还是人类会变得完全个人主义?我们是注定要上天堂,还是注定要下地狱?

2042 年》试图从人类趋向贪婪和自私、趋向利润动机和增长经济学的视角来感受未来,没有人质疑这一点,并将其视为永恒的真理,趋向恐惧和自我保护。

通过一连串的诗歌，我们触及了人类健康的多个方面--**无**论是人际关系、财务、身心健康、痛苦和悲伤、贪婪和自私、爱和渴望、政府和企业。我们关注可持续发展，鉴于恐惧和贪婪的兄弟情谊，我们很可能实现我们的目标。但是，人类的幸福从来都不是从这些根源中产生的。我希望事实证明我错了……

书写主要由科学技术构成的未来及其对人类造成的影响，并不容易通过诗歌来解释，然而，诗歌不正是直接发自内心，以较少的文字将信息传递到所有同胞的心中吗？

希望读者喜欢并理解这21首42**年的**诗歌。

目录

2042	1
永远轻信	4
扭曲的自由	6
孤独的悲伤	8
值得过的生活	10
好牙痛	12
迷失在信息中的历史	15
数字荣誉	17
娱乐还是启迪	19
婚姻"开放"	22
被推向邪恶	24
被专业化杀死	28
削弱	30
选择真空	34
革命	36
健身俱乐部	38

令人满意的成功	40
社会	42
悖论	46
由"手"引导	48

2042

公路上寸草不生

地球比以前更绿

人们甚至可以飞到自己的社区、

科学更进步了

无人机送货载人

人们在自己的宇宙中忙碌

只差戴着护目镜出生、

虚拟即现实，称之为 "元宇宙"。

人类大脑被改变

让所有关于现实的问题进入梦乡

已经生在幻觉中，被蒙蔽了双眼、

元宇宙将全能者连根拔起。

我们现在还不了解量子物理学、

不知道为什么，甚至不知道怎么做。

但我们是出色的模仿者，我们不介意、

使用雷声，却不知道背后的光和声音。

我们利用科学，寻找实用性、

技术是目的，手段未必合理。

我们复制，我们沙盒，我们创造、

成功超越我们的想象

就连上帝也是自动化的

现在，我们拥有绿色的星球，充足的资源、

人们拥有他们想要的一切。

无论从哪个角度看，地球都是新的天堂、

但这是否就是我们所追求的极乐世界？

我们像牲口一样被驱使，有用而无用

我们的宇宙是人类创造的

充足的资源并非无穷无尽

人类的贪婪并没有消失

这个世界已经改变了

新的恐惧，新的悲伤

国王需要臣民，为了升天、

昨日如此，明日亦然。

战争不断，竞争激烈

资本家肆无忌惮地鼓励社会主义

人民依赖公司

极少数人经商，其他人受到更多束缚。

永远轻信

脸颊上干涸的痕迹依然清晰可见、

新的泪珠选择了同样的旅行方式。

并没有新的更新、

记忆潮水般涌来，没有消退。

这些记忆不是关于击中他的那颗子弹的、

她不在战场上，只能想象。

然而，她想起了他曾经的样子、

那个可爱的儿子，没有他，她就不是一个母亲。

他喜欢他的玩具枪，他的弹药、

他总是说 "**要**为国家献身"。

她曾想，他的志向多么崇高、

她曾想象他是个军人，而不是弱者。

有人告诉她，战争是和平的必要条件、

没有人推荐妈妈的眼泪是如何留住的。

所有这些说法--**勇敢**、奖章什么的、

她的骄傲消散了，她想回击。

她想，"骄傲是假的，悲伤才是真的"、

战争是她不幸买到的宣传品。

战争换和平 "**是不真**实的，这是 "**陷阱 22**"、

即使到了 2042 年，人类也没有学会。

扭曲的自由

我想要自由",吉他弦说道、

折断琴钩,吉他无法弹奏。

妻子、丈夫、女儿、儿子

每个人都要求独立,都有自己扭曲的愿景...

漠不关心,麻木不仁,这就是新个性、

世界一片混乱,社会一片混战。

强调享乐,感官获胜、

我们所有的感官奴隶都在争斗,只有在分歧中才能团结起来

没有琴弦,吉他怎能奏出旋律?

没有儿子、女儿、父母,哪来的家庭!

世界，为了这个星球的存在、
我与它紧紧相连，就像它与我紧紧相连。

孤独的悲伤

喝着清晨的咖啡、
意识到今天剩下的时间,他都是自由的。

建立了一个软件,赚了一辈子的钱、
再也不用工作了,然而他并不快乐。

生于本世纪初、
努力工作,梦想成功,保持快乐。

他走过了无数里程、
现在他拥有的只是回忆和狡黠的微笑。

即使有了钱,这生活又算得了什么、
成功似乎自有其代价。
我有属于自己的一整天,但是、
但我该与谁分享,我与世隔绝。

孩子们很忙，妻子不在身边、
家庭的缺失，让他只能呻吟。

体育运动、虚拟现实可以让人投入其中、
但在他的内心深处，他知道自己很悲伤！

这个世界就像充满了幽灵、
歪着头，走着，看着自己的 "岗位"。

然而，大多数人都呆在家里，沉浸其中、
而下一代，则更加 "**沉浸**"。

代沟过去需要几十年、
随着科技的发展，代沟缩短了许多。

两代人之间相隔不过百年、
就像 1942 年和 2042 年。

值得过的生活

可爱的城市选择了最远的角落、

　　火葬场不能在市中心。

现在人们活得更长了，但他们还是死了、

　　科学，这个人，痛恨失去挑战，叹息…

　　老人对死亡更加恐惧、

　　孤独、可怜的生命在病床上延续…

　　自相矛盾的是，他们渴望死亡、

长生不老的确是一种诅咒，他们无法对自己撒谎
　　　　　　　　　　。

　　在这个现代世界里，这额外的时间

　　巨大的飞跃让古老的建筑屹立不倒。

活得更长，活得更久，有意义吗？

生命就在敢死的瞬间！

三代人曾经生活在一起、

没有长生不老，生活也很美好。

如今六代同堂、

家庭却已不复存在，谁都不会天真！

科学为长生不老而努力

不计后果，欣赏自己的美丽……

老人们懵懵懂懂地度过了一个世纪、

年轻无聊的人却在结束自己的生命

好牙痛

'把 VR 套放在一边，请、
吃你的冷三明治！'
'母亲的要求是一种暗示、
别打扰我，我会输掉比赛的
儿子无动于衷。

后来，他带着抱怨回来了、
他的乳牙在颤抖，他很痛苦。
母亲试着安慰他
他说"我把钱输光了"。

母亲大吃一惊，脱口而出：'你怎么能这样？
你怎么能这样？你根本不被允许'。
我把年龄写成了 18 岁"，他笑着说。
不需要你的法币，而是用我的游戏加密货币！'

除了元宇宙，他没有朋友、

被游戏公司收买，才得以注册。

那一瞬间，她真希望时光倒流、

他没有好奇心，像个孩子，很无聊......

在他的虚拟世界里得到了所有答案

甚至是有权回答的问题

妈妈应得的...

八岁时，他不知道敬畏，不知道惊奇

他知道一切，却没有敬畏

他的骨骼因缺乏锻炼而脆弱

思想混乱，迷惑现实

他困扰的幻觉存在、

她眼中含泪，心中怜悯！

她想，"科技怎么能搅乱世界"、

毕竟，她把他带到了这个世界。

许多人都在抗议这种边缘政策、
在经济的驱使下，把科技推得太远。

儿子突然哭了，她吓了一跳、
他的乳牙掉了，他在流泪。
她很惊讶，也很高兴、
她意识到这是他难得的天真…

迷失在信息中的历史

历史更美好、

当我们有一个版本

即使是苦涩的真相

不需要也不可能修改。

随着时间的推移

太多的报道，相互矛盾的评论

说不清什么是真的，众说纷纭。

一方面是整个人类时代、

另一方面是本世纪。

扭曲的版本，有动机的媒体、

政府的间接控制，这一切的一切。

我们正在教给一代又一代人必要的东西、

太多，难以下咽、

他们有自己的历史

、

年轻人的期望是什么？

他清楚地看到自己的父亲失败了

我们发动战争，能够进行大规模毁灭、

没有爱与和平，只有恐惧让我们无法脱轨。

一个国家的总统为年轻人颁奖

总统呼吁战争，杀人犯更甚。

那么谁才是可信的，什么才是正确的行动、

历史是他或她的故事，失去了教训！

数字荣誉

四十三岁、

她近乎千禧一代，是 Z **世代。**

她见证了电子邮件革命和移动化、

是元宇宙工程的设计师。

但她已经崩溃，正在接受治疗、

她的创造对她来说是一次创伤。

数字化身、卓越的触觉技术

让她感受到了摸索，感受到了帮派的疯狂。

这比 "**帖子不被喜欢** "**的焦**虑更强烈、

当她的头像受到粗暴攻击时，她感觉到了真实。

相比之下，诽谤或中伤显得很幼稚、

数字羞辱 "是当下**最可怕的**现实。

化身如此先进，它有自己的心理、在逻辑和道德上都需要做出区分。

娱乐还是启迪

一代人之前的 27 年、
机器人工人取代了辛勤工作的工人。

办公室停车场没有汽车、
没有咖啡的味道，也不需要茶壶。

人们不知道自己该做些什么、
一向忙碌的他们对此毫无头绪。

不过，政府已经预见到了这一点、
为人们制定了新的法律，保证了现金流。

人们可以坐下来，轻松地呼吸、
做自己想做的事，放松或忙碌。

这一次,我们有了时间,有了全球启蒙的承诺、

但现实是商业

娱乐才是重点。

战争仍然是一门好生意、

新的需求,丰厚的利润,没有人会为杀戮而烦恼。

但娱乐 **没有明**显的道德问题、

整个世界都是潜在客户。

技术已经迎合了这一趋势、

我们有人工智能、自动化和虚拟现实。

人们沉浸其中,品尝体验、

他们沉浸在身临其境的技术中。

生活改变了，文化也改变了，整个世界都改变了、

启蒙消失了，娱乐出现了。

婚姻 "开放"

他们曾发誓"爱你到永远"、

宾客们掌声雷动，走道上的人们惊叹不已。

过着幸福的生活、

也是最好的朋友，郎才女貌。

然后，30 **年代来**临，黑暗之光降临、

前所未有的变革，科技带来的危机！

社交生活结束了

现实问题也有了虚拟解决方案

还有新的 **"宇宙"**、

营销工作加班加点。

身体上自由了，精神上却迷茫了、

他们信以为真

天真无邪的羔羊小心翼翼,却又无所畏惧、

走进地狱,魔鬼的宏大主题

他们已无暇顾及彼此

没有共享的快乐,各自做着无用的苦差事。

没有朋友,没有亲人,满是沙子的沙漠、

钢铁般的绿色星球,变成了僵尸乐园...

不过,他们的 "**化身** "还是有朋友的、

他们的 "**化身** "有朋友,**有快速的社交生活,即使在外面,也是缓慢的。**

她决定,或者说她的 "化身 "决定

**和她想要的人 **"约会"。

过去,婚姻是天作之合、

现在,人们要求的是 "**开放式** "婚姻...

被推向邪恶

如果上帝掌管一切，为什么会有邪恶？

还是说有上帝，除上帝之外，还有魔鬼？

但是，顾名思义，上帝会控制魔鬼、

所以善与恶

本质上都是上帝的旨意

我们已经发现宇宙是一种能量

无论是物质、光还是声音

甚至我们深沉的情感

能量虽然是中性的，但它有三种表现形式、

活跃的、平衡的和静止的。

积极的、消极的和中性的、

我们世界背后的双重力量

即使是最小的原子

也有电子、中子和质子。

人可以行走，也可以奔跑、

没有平衡，重力会把我们拉倒。

我们拥有创造的力量

平衡和毁灭的力量

我们恐惧，我们愤怒，我们嫉妒，我们诱惑、

我们也有冷静的判断力。

平衡消失了，自觉或不自觉、

别看种子，在我们面前**矗**立的是一棵树。

绳索上的杂技演员，不会静止不动、

向左移动，向右移动，保持平衡。

那么，上帝为什么要创造这些邪恶呢？

愤怒、野心、嫉妒和羡慕。

我们人类仍被这本性束缚、

不知道白天需要黑夜

悲伤才能快乐

这种平衡并不容易，尽管我们有意识、

只有在理智上理解，然后忏悔。

我们以理智为基础做出决定，但、

更强大的是潜意识

让我们朝着不同的方向前进、

一个明显的悖论，不屈不挠的瘾。

我们每时每刻都是两个人、

一个能理解，能解决，但没有力量。

另一个有力量，但不善于倾听、

　　需要超越理智、

　　需要打破障碍。

当今世界，一个智力王国、

层层幻象，我们投入其中。

一天天远离现实

没有宗教，没有和平，我们将幸福拒之门外。

被专业化杀死

受过教育的年轻人是幸运的、

他们掌握了从柔道到几何的各种技能。

他们似乎为世界上的一切做好了准备、

有些人是有意识的，有些人则是无意识的。

然后有一天，他们被随意问到："你想去哪里？

你想去哪里，你想追求什么？

选择一个，立即放弃其他无数个。

对此，他们毫无头绪。

困惑是显而易见的，但更重要的是、

他们开始部分死亡，而在此之前，他们一直完整地活着。

他们不是机器人，没有被编程、

他们不是机器人--**没有被**编程为擅长一件事，而现在这个要求……

这还不是全部--**他**们必须成家立业、

管理配偶、孩子和他们的技能。

意识的扩张被包裹起来、

这个星球上的人造边界，叫做国家。

但人仍在自发地工作、

虚假的生活已经开始，随后建立起来。

像一簇小火苗，在灰烬中点燃、

临终前微弱的呼吸，生命在不断减少。

削弱

而常识却一瘸一拐、

人类的逻辑也瘸了。

当社会批准毁灭计划

而社会却批准了毁灭计划

当利益成为唯一的信仰

而宗教却被打上了疯狂的烙印。

当人们甘愿做奴隶

一无所有，一无所获。

当文明欣然签字

在虚线上签下了自己的死刑令。

当大众决定堕落

聪明人并没有出城！

当国家不停地挥霍

为未来世界挥金如土

知识分子有一种社会冲动

融入周围的社会

成为人群中的一员

不，他们没有出城

他们本可以反对，教育大众

但他们宁愿选择 "**愚化**"...

挑战需要勇气，面对鞭笞需要勇气！

他们肯定会 "**自作聪明**"、

一旦彻底转变

但就像无意识的人冻结了一样、

酒后不可能站起来。

智慧要求放下

让自己更好地融入社会、

讽刺的是，这个过程确实停止了、

因为提问者已不复存在。

醉酒的人后来确实恢复了理智、

知识分子也是如此。

但似乎脑细胞改变了

他们原来的东西已经消失了。

与此同时，"其他人"却不那么聪明了、

试图反其道而行之--变得聪明起来。

双向过程确实开始了、

矛盾的对立方法

有趣的是，最终的结果

不是智力平衡。

而是恰恰相反、

更聪明的人为 "更差 "的人服务。

这不是勤奋或努力的结果、

而是普通人的毅力和决心、

而是天才的毁灭、

扭曲的版本，社会的陷阱！

选择真空

灯光与声音的节日、

盛大的盛会。

在各地的聊天室里庆祝

印度 "屠妖节 "的阴影

联合家庭早已不复存在

被新知识分子质疑

围绕新生儿的庆祝活动

被放弃，被遗忘，被贬低。

结婚只需几分钟，追求效率、

新郎新娘反思

空虚，这种所谓的紧迫感、

周围没有人，没有笑声，没有祝福。

我们进化，我们质疑，一切都是一个过程、

避开传统和文化

选择了效率，忘记了效益、

因为缺乏文化，我们进入了真空。

如果无关紧要，就必须抛弃旧的、

但新的东西会取代旧的东西。

装饰的花朵没有香味、

真空中的人类不会焕然一新。

艺术 "已死，科学至上、

思想主宰一切，心灵却遭受痛苦。

爱的梦想一去不复返、

生活被理解，爱在市场上。

革命

年轻人不理解变革的必要性,甚至没有假装理解。

这是一场旧时代的革命。

年轻人不知道统治的错误、

就像北极熊不知道寒冷。

再过十年就要解体了、

让曾经的一切腐朽,然后继续前进。

超越任何老人的决心

现代人会证明

这需要老骨头和爱

因为他们的时代已经一去不复返了。

他们的所见所闻已经足够

必须让他们看到光明

向太阳解释黑暗

向盲人解释光明

没有科技，就没有人类、
对于新思想来说，这很难理解。

他们纵火烧了一大群老人

精神病院的大门被打破

太多旧世界的骄傲

从灰烬中诞生了新人类！

健身俱乐部

十二月的暖阳

教官的自动指令。

人们被要求高举双手、

他们勉强服从，但不无叹息。

健康课是必修课、

政府规定要让人们保持健康。

随后是引导式冥想、

最后是每周一次的 "正确呼吸 "课程。

这对我有什么好处？有什么好处？

通篇都是利益。

我们失去了'艺术'，我们赚到了钱、

选择了精神折磨，失去了生活质量……

现在的 "不正常"，大多数是神经质、

生活异常忙碌，思想混乱。

人们毫不犹豫地吃药、

参加山上的健康疗养……

令人满意的成功

一个人一直直走，不改变方向、
就会到达地球上的同一个地方。
每个人都在尝试过早的优化、
不自由，没有纠正方向的能力！

选择所需的技能和应用、
不是为了优化，而是为了拾起。
新的挑战，利用学习及其聚合、
人类才能茁壮成长，而不是放弃。

所有这一切都是巨大的成功、
不满意的是
过分强调一心一意、
没有勇气反抗社会，否定社会！
沙漠中生长的植物

在干旱中，它的心。
不会在热带雨林里生长得很好、
　　有了所有的照顾和舒适。

在工作的满足中，自由得以体现、
世事变迁，几十年后，工作取而代之。
　　积极的心态，学习的心态、
　　世界亟需重新定义成功。

既没有季度增长，也没有充足的资金、
　　安抚灵魂和心灵。
　　随心而动不会导致效率低下、
　　从一开始就一心一意。

社会

我们需要衣食住行、

这种需求变成了一种潜在的贪婪。

这是一种根深蒂固的恐惧、

模仿、接受和服从,确实如此。

服从是一种非凡的本能

产生于我们的渴望,是我们的动力。

即使人类也是重复的机器、

徒劳地奔波,与源头隔绝!

寻求回报,从未真正自由、

就像那个害怕被惩罚的人。

以前是恐惧、

现在的诱饵是人类的贪婪!

我们渴望融入这个崭新的世界
进入这个梦寐以求的俱乐部。
与少数人在一起，孤独是可怕的、
大众没有勇气，受不了冷落！

这样，个人就不了解自己、
迷失在自己的身份中。
他只是一个自动帮手、
笑不出来，笑得诡异！

这个人，就是社会的代表、
没有爱，没有激情，没有生命的意义。
通过心理地图来体验和解释事物、
假设他们所看到的，就是事物应有的样子！

这个现代社会被好奇心发掘、
毫无意义的唠叨和闲谈

大脑过于迟钝，无法获得成熟、

世俗的方式，不断倒退……

莲与水，相得益彰、

与生命同样重要的是它的表达。

扭曲的表达会毁掉内在的生命、

个人的迷失，社会的堕落。

大众在新民主中投票、

寥寥无几的选择，这是一个福利国家。

无需正直，无需准确、

最高津贴是唯一的命运！

有教无类

失去了善良，也就失去了道德。

对他们来说，一切都不重要、

这是1942年，这个社会没有错。

当社会觉得两者都是已知的

开始和结束

那么他所有的不幸

人都必须参加

悖论

困扰他们的是最古老的交易、
悖论是真实的,但仍然令人困惑。

他们与虚无、空虚作斗争、
心灵也开始困扰他们。
中年危机
在 242 年的夏天。

他们情不自禁地注视着、记录着、
渐渐忘却了那些显而易见的缺陷。
大众投票选出的大众缺点、
被稀释的心灵,被愚弄得无法追寻
无意识的乐趣

是科技启迪了愚昧?
还是也愚弄了开明的人?

脏水中的肥皂悖论

在 242 年的夏天。

现实是一切都是虚幻的、

那我们该怎么做呢？

做个孩子，活在当下，感受当下、

在 242 年的夏天。

由"手"引导

一百万年后会发生什么？
太阳冷却，地球消失。
一百年，人们的恐惧、
淹没的城市

预测未来变得更加容易、
未来的定义得以延伸。
然而，我们无法预测明天、
我们的思想、我们的头脑显然软弱无力。

如果一切由上帝主宰
他就会提前计划
否则，即使对祂来说，混乱也太大了、
祂不可能让这个世界听天由命！

每个变量都会影响其他变量、
无数的可能性，甚至更多。
不仅是现在，甚至是未来的互动、
无穷无尽的变化因素。

命运是合理的，但确实需要
命运的臂膀指引我们前进。
那么，自由意志真的存在吗？
人们猜测，这只是为了好玩！

引导之手又回来了、
纠正方式，冷静地重新引导。
人类没有预见到这一点、
手会纠正，甚至是突然的结束！

人类在大多数情况下
需要的是点拨，而不是打击

因为所谓的聪明人

都在沉睡,大多没有意识